宮城正勝 句集

真昼の座礁

ボーダーインク

もくじ

俳句 I

2008—2012

ビルを出てただ口惜しく春埃

去年逝きし区長の畑打つは誰

春ゆうべビートたけしの首の皺

島辣韮ひと山買うも愚行権

喪の家を出て陽炎の水曜日

少年の永遠の逆上がり鳥雲に

陽炎の百メートル先もただの道

雷鳴の彼方より埒もない電話

慣れ難し老いにも靴にも西日にも

遺影ありこの世はなおも西日中

西日中リハーサルなき死顔ぞ

喪服出て喪服が入る日の盛り

つくづくと未知なる妻や冷し麦

濃き闇の洞窟懐かし三尺寝

日向ぼこ立ち上がるまで死に隣る

ブーメランのごと死に還る日向ぼこ

キビ刈りの陸封の裔黙々と
識名墓群雑兵のごと陽に灼かれ

夏草や浄土は空しからんと思う

敬老日趣味を持てとか歩けとか

郷里とは西日を延びる道一本

冷蔵庫寝静まりたる夜の孤島

夏草の荒み歎異抄第九条

消失点なき平成の秋の暮

銀漢や四肢のけものの生き返る

読経の半ばより蟻の列を追い

一生に博打いくど冬木立

塩うすき朝餉夕餉のそぞろ寒

冬銀河へ続く廊下の真暗がり

信号を待つ炎天の兇状持ち

立候補者なき日盛りの長テーブル

砂灼くる漂着物のペンキ文字

真二つに割られし西瓜みだらなる

邪魔するな入道雲と交信中

雨という有事蝸牛の三つ四つ

帰宅するそれが運命《さだめ》油照り

ふる里はついに帰れぬ蛇の殻

蒲公英がそよぐ恥骨のごとき丘

炎昼のラブホテル街冥いなぁ

こともなげにやつは死んだと冷奴

乳房この夕焼を見ずに終わるもの
直線ははるかな痛み秋の澪

秋夕焼ノブも手摺もなき高さ

泥酔を肯うものに冬銀河

正論は退屈落ち葉を目で追えり

臥したれば四肢峨々として冬の雨

体温はひと匙ならん寒雀

おのが訃を聞くことなくて春の雷

麗らかや飲むには早いどう生きる

投函の後のさざなみ夏来る

潮干狩りどこまでゆけば黄泉の国

父の日を居心地悪くしておりぬ

痛む胃にまた舞い戻る蝉の声
帰りなんいざ夕焼けのコンクリート

歩道を練る年長組の梅雨晴間

母の息そっと確かめ五月闇

遠雷の距離を測れば死と生と

草茂る独神《ひとりがみ》なるペットボトル

秋の干潟人来て眺めてすぐ去りぬ

日向ぼこ老いの数だけ孤島あり

かさこそと母生きている冬隣

見納めのごとく見ている冬の涛

冬炬燵バッツイチの眠り底知れず

菱形の公園菱形の寒さかな

寝そびれて厳寒の海を旋回す

初御空いまさらにして知る手ぶら

水洟やこれも負け癖に算入す

夕焼のそその裏側の土葬跡

陸《くが》に座礁あたり一面夕焼けて
結論を先送りして鳥雲に

五月来る遺されし妻みな元気

去る者を追いたきことも聖五月

春昼や舟は忽然と現れる

片陰を歩くこの先段差あり

ブラジルの裏側に住み日雷

昼寝覚まま暗がりのど真ん中

蝉時雨あくまで昏き現住所

夏のリーフその裏側の妣が国

ただいまと誰も居ぬ家虫の夜

広っぱは秋夕焼けの忘れもの

那覇の街狂いもせずに秋暑し

乙女座の男なりけり鰯雲

「いまどこ」のメールに「寒風の中」と答う

路地裏の誤解を解きしおでんかな

軽鬱とひとしき重さ寒卵

信号待ちをねらいて寒風襲いけり

春塵を歩めり胎に還れぬゆえ

水湙で聞くケイタイの他人事

彼方まで冬空われに還りたくなし

春の昼遺影は哈爾浜帰りとか

予定なく着信もなく半夏生

呆ける前の懐旧談や雲の峰

次ぎの遊びかんがえながらアロハシャツ
影を欲るこころというは蟻地獄

夏が来た臍出しルックとともに来た

西日から死へすみやかに移行せり

死はなべてあっけなきもの九月尽

九月尽日々のつとめの薬服む

母眠る死と地続きの蝉の声

基地も領土も瑣末事長き蟻の列

パソコンに向かうシャツ一枚の籠城

春の風邪ゴジラとはあれから音信不通

鳥雲にリーフの縁のまま暗がり

こもるとはたたかうことと冬銀河

軒遊びかつてそこには秋夕焼け

生国は押入なりき秋夕焼け

腸《わた》抜きし秋刀魚塩焼罵りぬ

探しもの無月またいで見つかりぬ

看取るのは我か汝か冬隣

アットマーク以降は遠き雲の峰

うすうすと知っていたよと鰯雲

ふるさとの死の順列や実紫

炎昼や監視カメラを浴びて待つ

砂灼けてなつかしきまでのしじまかな

ママのばか毛虫のばかと学習帳

来し方は遠火事までの距離ならん

春光や指の付け根は潮だまり

さっきから何か食いたい日永かな

人逝きて透きとおるまで山桜
（吉本隆明逝く）

ストラップは骸骨なりき夏萌す

夕凪のはたてにゴジラ潜みおり

螺旋状の悪夢背負いて蝸牛

大西日有罪のわれが焼香す

寒冷期に向かう地球の暑気中り

日の盛り露地匂いけり男女ゆえ

炎昼の電柱にバイアグラ取り寄せ可

俳句 II

2013—2018

読経の坊主の耳に遠蛙

いま此処に不時着をしてかげろえり

無為というさいはてにあり春夕焼

春雷や網戸から見る空模様

脳内の浅瀬を喘ぐ昼寝かな

那覇市街海抜九メートルの油照り

氷溶けるままに干潟を見ていたり

エロ本が覗く梅雨晴の資源ごみ

一〇月のベンチに寝落つ足垂れて
昨日今日朝のはずれの目白かな

塔と塔呼び合うでなく寒空に

寒雀われもこの世の一個人

寒雀の陰徳晴れ間を目であそぶ

水を飲む何も殺めず寒を来て

寒を突っ切り帰り来しかど誰も居ず

寒夕焼那覇から慶良間まで冴

永き日や空き家のごとき胡座かな

春の屋上妻よ翔べると思うなよ

この星に渚がありて五月来る

蛇穴を出て蛇の道はじまれり

百歳は長しひと夜のはたた神

雷鳴や水の地球の起源から

われ死なば無縁墓の仏桑花

誰の耳も聡し読経の遠蛙

旧道の轍ひとすじ油照り

軒に別れ枇杷に送られ霊柩車

葬りたき過去累々と大西日

リーフの先奈落か黄泉か夏の蝶

葉の裏のもののあわれや蝸牛

おし黙り早桃《さもも》むく妻の男運

枯野あればバスが一台走り過ぐ

原子と原始ともにさみしき冬の蠅

足垂れて日向ぼこりをきわめんか

死ぬまでは日常がある蝉時雨

一人のみ降りるバス停それが秋

昼時のバス愚直に冬へ走る

この墓に入りたくない妻の咳

原っぱの欠けし世寂し寒夕焼

大寒の真下で結ぶ靴の紐

地番なき磯巾着の住処かな

草餅を落として今日も厄日かな

フリーターと墓掃いている清明祭

色欲の消《け》ぬが命よ五月闇

吾が事に非ずと蝸牛葉の陰に

人死にて更地のごとき五月尽

（悼 東風平恵典 二句）

人死にて梅雨の晴れ間のこの世かな

冷や酒や世間とは大体妻のこと

生きて遇う奇習八月十五日

秋暑し電話ボックスとても暇

凶暴な残暑パレットくもじ前

ああ見えて身持ちの堅い秋日傘

電池は買ったあとは台風待つばかり

大夕焼け私生活のぞけぬ家ばかり

待たれたる死なり残暑の棺ひとつ

転びたり拾う神なき秋夕焼

まだら呆けを飼い慣らしおり冬隣

家中にonとoffあり寒の下

寒の干潟に遅れてわれは生まれけり

救急車春の手前を右折せり

入り口も出口も港島の春

われはわれのあるじにあらず春の風邪

マフラーに鼻まで埋め居場所とす

テロにつづく雪を観ており夕餉時

いつも端集合写真の夏帽子

永き日や電話してすぐ切りたくなる

険阻ゆく日々なり夏の老体は

迷いたる路地で夕焼けにぶつかりぬ

この星の娑婆苦に泥み冷素麺

識名坂日傘がひとつ下りてくる

動かざる沖のサバニの大暑かな

大西日町のはずれの珠算塾

炎天に醒めてるこれは何の刑

年取ればいずれ分かると心太

蛇口より水飲みおれば秋に遭う

秋夕焼け道路はむかし子等のもの

更新なきブログなりけり薄原

居るはずのない人と居て冬隣

気化するか北風《きた》に吹かるるか老いの痩躯《やせ》

斯くわびし老いのつとめの葱を植え

呼吸器科の次は眼科や日短

欝のベテラン欝の新米冬日向

強そうで弱そうで強い妻昼寝

列をなすほかに術なき蟻の列

ことごとく此岸なりけり石灼ける

うつし世のたしかなるもの日雷

梅雨寒や逝きし人いまどのあたり

夏空の音なき一機墜ちるなよ

夏痩せてどこへも行かずまあ元気

銀行の紫陽花われもお客様

ごきぶりは神より先住隠れ棲む

哀しかり泡沫候補の脇の汗

来し方は遠雷行く末はとじこもり《ヤーグマイ》

異説あるむらの由緒や秋茜

秋日向ら抜き言葉の束ね髪

夕焼けの原人として畑の人

陸寂し陸の夕焼けなお寂し

夕焼けも汝も地球の不思議かな

本人の知らざる死なり秋の風

死を想え冬のビーチのビーチサンダル

朝寒や駆けたし足の爪切りて

大根抜く齢は端数こそいのち

春まだき解しがたきもの胸に飼い

転けるとはひとりのできごと寒の下

大干潟見開き頁の真昼かな

紫陽花の微動だにせず睡くなる

御名御璽の額《がく》縁が見下ろす子の昼寝

憩まむと紫陽花を見る憩まれず

冷酒や留守居の昼を逆走す

神は死んだ路地の手花火見て過ぎて
しあわせということにして冷素麺

すつたもんだに触れず晩夏の一筆箋

黒揚羽気化するように逝きたりき
（悼　岡本定勝）

認めしは秋茄子のこと骨折のこと

秋深し道草食わず鞄提げ

缶蹴りのあと秋さぶの七十年

灰皿に三人寄りて悴めり

死と遊ぶひとりの砦日向ぼこ

旧道は冬に埋もれて深轍

寒雀俺はつまらぬか飛び去りぬ

二度休む帰宅の露地や息白し

大方は故人師走の小津映画

ひと気なきラブホテル街寒桜

冬深し帰り支度のはやばやと

おし黙り麦茶置く妻舌禍以後

県道の落石注意椎の花

かぐや姫眠る夕焼の乳母車

街中の陰を浚いて日の盛り

聖書はも文語がよろし籐寝椅子

緑陰に余生という語嘘くさし

蟷螂がどうしてここに夜のキッチン

水を欲る汗をかかざる老の腕

海上の道なつかしき浜防風

漬茄子は今は昔の今朝のこと

人逝きて日盛りに靴あふれけり

梅雨寒や喪服連れ立ち朝の路地

惚けざるも不幸のひとつ百日紅

木のベンチに一息つきて夏送る

死者生者分かちて麦茶置かれあり

夏菊に埋まりし死顔よく生きた

六月や生き残りしは佇めり

蜘蛛の糸駐車禁止の更地かな

夏燕やせ細りたる川しか知らず

慶良間沖のたうつ孤独はたた神

酒瓶が西日に転がり逝きしとか

夏夕焼け帰りなんいざサラリーマンへ

誰も魚籠を覗く西日の決まりごと

鉄砲百合立ったままなり昼も夜も

春昼の街なか免許証返上とか

春暁のつとめ洗濯機の洗濯

「家出は親にことわってから」島の春

青芒羨しきものに個人主義

浜昼顔時なき浜にひたた耐えて

油蝉不意に独り居の怒り湧く

浜昼顔海上の道ひた恋し

昼寝してゆらぐ浅瀬を生きるかな

手つかずのブラックコーヒー梅雨晴れ間

その辺に死は居て金木犀匂う

庭隅の蝸牛ましずかなる渇き

片陰行く永遠の未遂胸に飼い

寝足らいて目標失せる夏の昼

バス停をいくつ飛ばして大夕焼け

先延ばしせぬ蝸牛の匍匐かな

紫陽花と別れて銀行へ日中へ

二日酔いリーフ没するまでの夏

母の死

死を測る機器の明かりの冬銀河

マスクして思い思いに死を待てり

芒野も三途の川も機器の中

ベッドの上冬天に還る細き腕

哀しみも睡りも破線冬落葉

百歳の死の立ち話日短

涅槃に入る側で棒立ち鼻啜り

心電図寒く音なく死にゆくか

機器はいま冬と命を秤おり

メールする予断許さずと冬銀河

咳ひとつまたひとつして死を待つ間
事切れるとは秒針の咳ひとつ

冬薔薇死は引力の仕業かな

出棺のあの世もこの世も芒原

寒菊や待たれたる死を哭く人も

己にかまけ母を冬日に攫わしむ

言いさして北風となる死とはそれ
たらちねの母というものの冬深し

棺はいつも新品枇杷の花

寒空を一回りしてもやはり吾

寒菊を手向く苛めたる母に

冬帽を遺して母の逝きにけり

客絶えてより喪の家を寒襲う

喪の家や帰る合図の咳ひとつ

供花下げ死はすみやかに北風《きた》の中

あとがき

句集を出すことにしました。何かを遺すという感覚は割と希薄ですので、七七歳のひと踊りといったところです。

選句を池宮照子さんにお願いしました。池宮さんは、ぼくが俳句を再開するきっかけをつくってくださいました。といいますのは、彼女は、編集を担当している俳誌『WA』が発行されるたびに、送ってくださったのです。ぼくが若いころ俳句をつくっていたことはご存じなかったはずですので、なぜ送り続けたのか、今もって謎です。

紙の媒体に発表した八〇〇句くらいの中から、ぼくの希望で、およそ三〇〇句を選んでいただきました。それに、パソコンのハードディスクや手帖にメモした句の中から、十数句を拾い出し、合わせて三一五句を発表順に配列しました。ただし「母の死」だけは、二〇一七年末から二〇一八年初頭にかけてつくった、ほとんどが未発表の句で、新たにタイトルを付して別立てとしました。

発表誌は、大部分は『WA』(岸本マチ子代表)ですが、そのほかに『LUNAクリティーク』(故・東風平恵典)、『脈』(比嘉加津夫)、『アブ』(松原敏夫)などの詩や評論の同人誌・個人誌です。各誌の代表者・主宰者に感謝します。

句歴というのもはばかられるのですが、一九五〇年代の末ごろ、那覇市内の高校生を中心として、当時沖縄タイムス俳壇の選者をしておられた矢野野暮氏を囲んで、句会を開いていました。メンバーはだいたい七～八人でした。また、メンバー宅でかなりひんぱんに句会(のようなもの)を行ないました。この集まりが自然消滅した後、ぼくは、地域の大人の俳人にまじって、およそ一〇年ほど俳句をつくったと思います。再開というのはそういうことです。

その後は、俳句をチラ見してはいたのですが、なんとなく敬遠していました。それが送られてきた『WA』に目を通すようになって、ふたたび手を染めることになったのです。

確かめたところ、ぼくが初めて『WA』に作品を発表したのは、二〇〇八年六月発行の四三号からです。あしかけ一〇年の成果(?)がこの句集というわけです。ごらんの通りの出来ですが、これが精一杯というか身の丈なので、自負も卑下もしないことにします。

最後になりましたがしおりを執筆していただいた皆さまにお礼を申し上げます。

この句集の担当をしたのは池宮紀子さんです。ありがとね。あわせてボーダーインクのみんなにも、なぜだかわからないが、ニフェードー。

二〇一八年一一月　　　　宮城正勝

宮城正勝（みやぎまさかつ）
1941年８月、沖縄国頭郡国頭村に生まれる。新聞社勤務、アンダーコート工場経営、出版社勤務を経て1990年出版社ボーダーインクを設立。2016年代表を退く。2008年ＷＡの会に参加。

ジャケット・表紙デザイン：宜壽次美智
写真：宮城ヨシ子

宮城正勝 句集　真昼の座礁

二〇一八年　一二月　二四日　初版発行

著　者　宮城　正勝
発行者　池宮　紀子
発行所　ボーダーインク
沖縄県那覇市与儀二二六－三
電　話　０９８－８３５－２７７７
ＦＡＸ　０９８－８３５－２８４０
印　刷　でいご印刷

ISBN978-4-89982-356-8

宮城正勝 句集『真昼の座礁』によせて

〈西日から死へ〉　梓澤登

宮城正勝句集『真昼の座礁』に寄せて　池宮照子

風景との距離感—『真昼の座礁』を読んで　親泊ちゅうしん（ローゼル川田）

春の屋上　岸本マチ子

「寝落つ」と「死落つ」と　芹沢俊介

思想家の俳句、あるいは、白秋期の俳句　田場由美雄

境涯ありて句境あり—宮城正勝俳句への想念　松原敏夫

宮城正勝句集『真夏の座礁』栞文　矢口哲男

俳句と写真　勇崎哲史

宮城さんへ　瑶いろは

photo by Yoshiko Miyagi

〈西日から死へ〉

梓澤登

宮城さんに初めてお会いしたのは、沖縄で暮らしはじめて三年もたたない頃。安里「あけしの」で、田場由美雄さんが引きあわせてくれたのだった。後日、「ああ見えて、驚くほど硬派の文章を書く人」とも教えられた。一〇年にも満たないお付き合い、まして句評の心得もない身で、ここに名を連ねるのは畏れ多いばかりだ。

「ああ見えて」の言をここに記すのはご両人に失礼かと迷ったが、宮城さんの句に使われていることをいまになって知り、驚いた。

ああ見えて身持ちの堅い秋日傘

知人女性を見送る光景（と想像する）が目に浮かぶ一句だが、よくよく見入っていると、田場さんの寸評とのシンクロさえ感じられてくるのが不思議だ。

初対面から時をおかず、宮城さんの文章群にふれるようになり、俳句をよまれることも確かご自身のブログで知った。この折、記憶に残ったのが次の句。

片陰を歩くこの先段差あり

〈片陰〉はあまり聞きなれない語で、夏の季語と知ったが、日差しの厳しい沖縄に棲みはじめた身にスッと入った。

炎暑の日照りを避け、でこぼこしたなじみの路地（スージグヮーという豊かな語感を、さらっと使えないヤマトンチュです）の影になっている辺りを選んで、宮城さんが歩を進める。先に見えてきた段差を踏み越す前に、呼吸を整える。そんな光景がくっきり浮かんだ。以来、〈片陰〉は私にとって宮城句キーワードのひとつとして沁み込んでいる。

片陰行く永遠の未遂胸に飼い
片陰を敗残兵のごと歩む（未収録）

ほかにもきっとあるはずの〈片陰〉全句をいつか拝見したいが、それにしても、「永遠の未遂」といい、「敗残兵のごと」といい、インパクトは強烈に響く。

勝手に類句扱いしてしまう物騒な作もある。

信号を待つ炎天の兇状持ち
炎天に醒めてるこれは何の刑
いま此処に不時着をしてかげろえり

無茶乱暴野暮すべて承知で「いま此処」の句に絡ませていただくと、「宮城さん、かげろってばかりもいられませんよ」。虫のいい注文だが、「幻の離陸」「幻の滑空」なり、「アノトキの回顧」なり、深い処に織りこんだ句をいつか拝見できないものか。（ひょっとして、これは・・・と勝手読みをさせてくれる作のあることをつけ加えておきますが）。

＊

宮城さんの句でもうひとつ私の嗜好にぴたりはまるのが、〈妻〉シリーズ。

おし黙り早桃《さもも》むく妻の男運
おし黙り麦茶置く妻舌禍以後
寒厨に長き黙あり舌禍以後
冷や酒や世間とは大体妻のこと
強そうで弱そうで強い妻昼寝
つくづくと未知なる妻や冷し麦
漬茄子は今は昔の今朝のこと

固くはねつける〈黙〉の壁に思い知らされる〈舌禍〉の悔い、あるいは戸惑い。リアル感がハンパない。最後の句は、〈舌禍〉当日の暮れ方に想を得たものとしてここに配したのだが、誤解ならお許しのほど。

次の二句では、つかの間の〈妻の不在〉が浮かびあがる。

冷酒や留守居の昼を逆走す
油蟬不意に独り居の怒り湧く

短詩形に圧縮された私小説のひとこまを読むように、息を殺し、微細な視線を凝らすばかりだ。

＊

西日から死へすみやかに移行せり
死と遊ぶひとりの砦日向ぼこ

微睡みてあの世とこの世の日向ぼこ
日向ぼこ立ち上がるまで死に隣る

遍在する〈死〉。頻りに行き交う〈死の視線〉。つきつめると私にとって宮城俳句の魅力は、ここにある。

今後の旺盛な作句を期待するばかりです。愉しみにしています。

（翻訳者）

宮城正勝句集『真昼の座礁』に寄せて

池宮照子

宮城正勝さんと句会をご一緒するようになって、早いもので十年が経ったのだという。人生においても、私が身を置く業界においても、そして俳句においても大先輩であるが、私がＷＡの会の句会にお誘いしたという経緯があって、ときどき気が向くと、私のことを「先輩」だの「師」だのと言うものだから、居心地の悪いことこの上ない。正勝さん得意の「ガンマリ」である。

私が最初に目にした正勝さんの俳句は、事務的なメールのやり取りの文末に添えられた一句で、刃物を思わせるような冷たさと怖さがあった。それは、私の知っている「やさしい宮城さん」とは違っていた。

『真昼の座礁』は、言葉という刃物で日常も非日常も片っ端から切りまくった、正勝さんの十年の軌跡である。

喪服出て喪服が入る日の盛り
人逝きて日盛りに靴あふれけり
その辺に死は居て金木犀匂う

正勝俳句に「喪」「逝く」「死」は頻回に登場する。そんなにも身近に死を意識して生きているのだろうか、と機会があったら聞いてみたいと思っている。突き放したような、「死」はセレモニーでしかないような。

去年逝きし区長の畑打つは誰
立候補者なき日盛りの長テーブル
缶蹴りのあと秋さぶの七十年

国頭村佐手出身の正勝さんが、月に一度の句会を休むときの理由が郷友会の集まりであったりする。古里をはるか昔に後にした正勝さんだが、彼の根っこは間違いなくそこにあるのだと、古里を持たない私は少しだけうらやましい。

信号を待つ炎天の兇状持ち
気化するか北風に吹かるか老いの痩躯
片陰行く永遠の未遂胸に飼い

街を歩いている正勝さんの図である。どの句もとてもリアリティーがあるのだが、実のところ、これが私には一番想像できない。いまだかつて那覇の街で正勝さんとばったり会ったなんてことはなく、もし見かけたらさぞや不機嫌そうな顔をしていることだろう。

春の屋上妻よ翔べると思うなよ
おし黙り早桃《さもも》むく妻の男運
この墓に入りたくない妻の咳
強そうで弱そうで強い妻昼寝

WAの会の句会でも大好評の、奥様、ヨシ子さんを詠った句である。いつも明るいヨシ子さんと正勝さんは聞くところによると大恋愛で結ばれたらしい。きっ

と正勝さんにはヨシ子さんの明るさがまぶしかったに違いない。素敵なカップルである。

母の息そっと確かめ五月闇
かさこそと母生きている冬隣

正勝さんのお母様は昨年の暮れに百歳の天寿をまっとうされた。〈母の死〉の一連の句は、読み手をその臨終に立ち合わせるかのような、有無を言わせぬ緊迫感に満ちている。

この句集は、屈折した息子が亡き母に捧げる句集と思う。

（ＷＡの会会員）

風景との距離感―『真昼の座礁』を読んで　親泊ちゅうしん（ローゼル川田）

今度、宮城正勝さんが句集『真昼の座礁』を発刊しました。おめでとうございます。とてもうれしいです。

俳句を再開してから２００８年～２０１８年までの八百句余から三百数十句を選定されたという。同時期に始めたこともあるので数も気になりながら鑑賞する。

俳句を読む前に、どうしても作者とのユンタクの歴史が脳裏に浮かんでくる。漠然と思い出しても現代思想を軸にしたり、難解な会話の余韻であったりする。思想の人というイメージが強いわけではあるが、サブカルチャーをカバーしているので、決して時代の現在性に閉じることのない思考回路を抱えている。以下の掲句も作者の死生観を深い水脈からすくいとり、現在性を大切にしている故、社会のリアリズムを常に携えて歩いている。誌面の都合により、二六句を選ばせてもらった。

〈俳句Ｉ　２００８～２０１２〉より

西日中リハーサルなき死顔ぞ
キビ刈りの陸封の畜黙々と
郷里とは西日を延びる道一本
読経の半ばより蟻の列を追い
砂灼くる漂着物のペンキ文字
冬銀河へ続く廊下の真暗がり
帰りなんいざ夕焼けのコンクリート
秋夕焼ノブも手摺もなき高さ
かさこそと母生きている冬隣
夕焼けのその裏側の土葬跡
うすうすと知っていたよと鰯雲
人逝きて透きとおるまで山桜（吉本隆明逝く）

「死生」が見え隠れする。

それらに纏わる語句を数えてみたら二五前後出て来た。風景のどこかにある「モノ」がポカリポカリと浮かんでくる。作者自身の病との闘いやそれ故に事物や事象との距離感を計るように「肝ぐくる」が深く真っ直ぐに向かって来る。重たく軽やかに。一見、ニヒリズムを思わせるが、決してそうではない。風景との距離感が注意深いので、同じ「季語」でも圧縮されたイメージや言葉の背後にあるものが膨らんでくる。

キビ刈りの陸封の畜黙々と

キビ刈りの歴史は古いが、今も沖縄の風物詩である。季節が来るとキビを満載した大型トラックが国道を走る。陸封となった生活風景、みんなその畜なのだ。

秋夕焼ノブも手摺もなき高さ

ベッドに横たわっている作者の視線の高さには日常のノブや手摺は無縁である。秋夕焼けは横になっても見える。

かさこそと母生きている冬隣

上五の「かさこそ」が「母生きている」にピタッと

重なってその姿が普遍性として広がる。季語を越えていく母である。

〈俳句Ⅱ　２０１３～２０１８〉より

死ぬまでは日常がある蝉時雨
地番なき磯巾着の住処かな
転びたり拾う神なき秋夕焼
居るはずのない人と居て冬隣
呼吸器科の次は眼科や日短
強そうで弱そうで強い妻昼寝
認めしは秋茄子のこと骨折のこと
缶蹴りのあと秋さぶの七十年
聖書はも文語がよろし籐寝椅子
酒瓶が西日に転がり逝きしとか
その辺に死は居て金木犀匂う

〈母の死〉より

冬薔薇死は引力の仕業かな
冬帽を遺して母の逝きにけり

寒空を一回りしてもやはり吾

「俳句の主語はつねに自己ではなく他者である…」と読んだことがある。ボクもそう考えている。句の中の主語である自己も他者である。
　作者の作品には共通して他者性があり客観性の中で風景が動いていく。落ち着いた中間色のように。句の背後に残る余韻が膨らみを感じさせてくれる。

地番なき磯巾着の住処かな

浅海の岩石に密着したり、砂の中にいたり、磯巾着は動物である。数の多い触手で魚を吸い込む様子はエロチックでもあるが、そんなことではない。地番がないと言っている。当然のことだが、海中に放たれたような気持ちにさせる。

酒瓶が西日に転がり逝きしとか

タダの酒瓶が転がっただけなのに西日までまきこんで人生までも。下五の「逝きしとか」の「とか」は通常は蛇足気味ではあるが、作者自身の切情を薄めようとする「肝」がとても生きている。

冬帽を遺して母の逝きにけり

冬になるといつも愛用していた母の冬帽子。同じ思いを持つ人々を思い浮かべる。その冬帽子を見ると、母のいろんなシーンが浮かんでくる。母親はきっと夏帽子も持っている。冬である。

（俳人、エッセイスト）

春の屋上

岸本マチ子

無口な外見に似合わず、女性に弱い。仲間の金城悦子さんが、なにかの弾みで年が少し上とわかった途端、「あらわたしの方が上なのね、ならこれ持ってよ」などと、女性は強い。

強そうで弱そうで強い妻昼寝

なんとなく分かるなあーという気分。無愛想なのに寂しがりやで神経質、その上純情。一番厄介な人なのだ。

識名墓群雑兵のごと陽に灼かれ
敬老日趣味を持てとか歩けとか
麗らかや飲むには早いどう生きる
父の日を居心地悪くしておりぬ

家の中でどんなに居心地悪くしていようとも、彼の識名墓群は秀逸。とても好きです。もっともわたしの先祖はあの墓群の中の雑兵でしかないのだが、雑兵だ

からこそ陽に灼かれる辛さがわかるのかも。

春の屋上妻よ翔べると思うなよ

この句を見た時、やったなと思った。この俳句は彼の句のベストワンだと思う。なにをやっても明るく明朗で、口ではとても勝てそうにない奥さんに放ったこの一句。「妻よ翔べると思うなよ」主人の貫禄充分ではないか。そう思うと男性にはとても勝てないなあと思った。

ママのばか毛虫のばかと学習帳

あるいはお孫さんかなと思ったが、男はいくつになるとも心の中に少年が棲んでいるといわれると思うと、このママは奥さんだったりして、人生は複雑なのだ。

識名坂日傘がひとつ下りてくる

識名坂という固有名詞がいかにもいい。知っている人は傾斜がきつく長い識名坂がすぐ目に浮かび、日傘がひとつという孤独な響に心がゆれる。

母の息そっと確かめ五月闇
死はなべてあっけなきもの九月尽
事切れるとは秒針の咳ひとつ
出棺のあの世もこの世も芒原

マスクしてどんな思いでお母さんの死を待っていたのであろうか。お母さんの死の最後を「秒針の咳ひとつ」と謳う息子の切なさ。生前苛めた母、それは甘えであったろう。そんな思いが、わたしにもある。どんなに悔やみきれない思い。しかし彼は充分に尽くしたと思う。この句集がそれを証明している。

これからはお母さんの様な奥様と頑張って下さいませ。

（俳人、ＷＡの会代表）

「寝落つ」と「死落つ」と

芹沢俊介

一〇月のベンチに寝落つ足垂れて

ここに集められた中から好きな作品を一つだけ取り上げろと言われたら、この句をあげたい。

ここから先、しばらくは私的な回想である。公園のベンチに長々と足を垂らして寝そべっている中年の男の人を見かけたことがあるのだ。

ホームレスだろうか。厚手のコートを着たまま顔に陽が当たるのもかまわずに。目醒めてはいない、足がだらんと垂れているのだから。きっと、無聊を慰めかねて、寝入ってしまったのだろう。季節は冬になる手前、それでもじっとしていると寒さがしのびよってくる。そう、この句にあるように一〇月ももう終わりかけている頃のことだったのかもしれない。それは決して異様な光景ではなく、だからと言ってありふれたものというのでもなかった。閉ざされた、物悲しい、できたら忘れたままでいたい光景であった。この句を前に、それをまざまざと思い出したのである。

こう記すと、右の句をこのような情感でもって読もうとしているのかと問われるかもしれない。しかし、そんなつもりはない。自分の目撃体験を右の句の光景に重ねるつもりなど、毛頭ないのである。というのも、右の句が訴えてくる情感は、物悲しさよりも、ある種の滑稽、おかしみなのである。重ねようもないのだ。

このことを傍証しているのが、以下に引く「日向ぼこ」をモチーフにした五作品である。

日向ぼこ立ち上がるまで死に隣る
ブーメランのごと死に還る日向ぼこ
足垂れて日向ぼこりをきわめんか
死と遊ぶひとりの砦日向ぼこ

日向ぼこ老いの数だけ孤島あり

ここに引いた五句と並べると、一〇月のベンチに寝落つ足垂れてが、いかにすぐれた作品かということを、感じざるを得ない。

五句がつまらないというのではない。四句には作者の身心の志向性が、死に向けて怖れもなく開かれているることが見え、驚かされるのだ。とくに三句目の作品で、「足垂れて」という状態が、作者によって、「日向ぼこ」のきわみだと捉えられていることがわかる。それをきわめたいという気持ちが示されているのである。ある種の滑稽と書いたが、もう少し具体的に、老いと死との戯れが現わすおかしみと言ったほうがいいようにも思える。

老いとは一面、怖いもの知らずになることらしい。らしいとは他人事のようだが、作者と同年代の私なのだ、自分の中にこうした傾向は間違いなくあるのである。それにしても、驚かされたということだ。

さてまた私は、私が目撃したように、作者もまた目撃した光景を句に読んだと考えようとしているのでもないことを記しておきたい。「日向ぼこ」五句を読むと、一見、作者が目撃した光景を、自分なりに経験してみたいと思っているように見えなくもない。

しかし、そんなふうに考えると作品を誤解することになる。「一〇月の…」が間違いなく作者の実体験に裏打ちされた作品であると断言できる言葉を、私は見つけてあるからだ。

「寝落つ」である。この表現は作者自身が体験しなければ使うことができない内部の言葉だと思う。寝落つというのがなんともいい。ひとりベンチに座り、陽を背中から受けているうちに、あまりの気持ちよさに、そのまま崩れるように眠りに引きずり込まれてしまった、人事不省状態に陥ったのだ。足を垂れて。

引きずり込んだのは眠りであったにちがいないのだけれど、ただ、老いの場合、眠りは死と隔てられていない。つまりそれは同時に、死に落つ、死落つでもあったのであろう。「足垂れて」に妙なリアリティが集中しているのはそのためだ。

この寝落つがよっぽど、特異な至福体験であったらしく、作者はしきりに再体験を求めている。足を垂らしたりして繰り返しチャレンジしてみる。しかし思うようにいかない、それが五句に現れているのである。

一〇月の、が秀句と思う所以である。

（評論家）

思想家の俳句、あるいは、白秋期の俳句

田場由美雄

悩んだ。後悔する気持ちは微塵もなかったが、それでも最初、少しだけ悩んだ。覚悟（おおげさな物言いだな）は出来ていたので、敢えて何も考えずに二つ返事で引き受けたのだった。何を、か。この栞に何か文章を、という依頼を、である。書けるのか、しかし、不安は日増しに大きくなった。

考えた。私は、この俳句集の著者の、干支で言えばちょうど一回り下の友人（と呼ばせていただく）ではあるが、俳句に関わる人ではない。何で引き受けたのか。自分の人生の中で出会った著者との友情、厚誼を謝す記録、記念、交遊（友）録として何かあってもいいかな、と殊勝にも考え（鳴呼大仰だな）、ここらで、ご挨拶をしておかねば、と思ったからだ。だから、この拙い文章の宛先は、何よりも著者に宛ててであり、また著者と私の関係を幾らかでも知る、または知ろうとする身内に向けてのものでもあり、それだから、この句集を手に取っていただいたあなたへのものである（当たり前か、勿体ぶって）。

長い前置きになってしまった。著者（これからは尊敬と親愛の情を込めて宮城さんと呼ばせていただく）宮城さんは、知る人ぞ知る硬派の本格的な思想家の貌を蔵している（実際、思想の文を幾つも物している）。今は引退しているが、出版社のふつうのおっさん（社長だったのだけど、さて）の風貌、恰好（どんなだか、ご想像に

まかせます）をしていて、ふだんは思想や政治、文学等のいわゆる硬い話は滅多にしない、どころか、あまり物言わぬ人のようにも見える（実際そうなのだが、でも程良くお酒が入るとそうでもなくなるが）。しかし、こと私と対する時には、共通に敬愛私淑する思想家・詩人・文学者であった吉本隆明さん（ここでも、さんと呼ばせていただく）の話題を介したりして、硬派の清談に時を過ごし、私を色々と啓発、指南してくれて、硬骨漢ぶりをみせてくれる。この二五時間目の姿を見せてくれる時に、私の内に起こる心地好い緊張感が、私を宮城さんに引きつけているのだろうと思う。だから、ふだんはどこにでもいる酒飲み友達で、互いの友人知人の消息やら他愛のない世間話で、おだをあげてもいる（そうでもないか、おとなしく静かだし）。

さて、今回の俳句である。宮城さんとの付き合いは四半世紀以上に及ぶのだが、俳句のことは、宮城さんの口から久しく聞いたことはなかった。俳誌WAの同人だということは、直接本人からではなく他所から漏れ聞いて薄々知ってはいたが（勿論今では俳誌の恵贈を受けている）、俳句との関わりを本格的に耳にし始めたのは、今から三年ばかり前に、言事堂という古本屋さんで、奥さんのヨシ子さんと、写真と俳句の二人展（正式名称は失念）を催した頃の前後からである。聞けば、句歴も学生時代からのことのようで半世紀以上に亘る、ということになる。でも、今回のこの本は、二〇〇八年以後、今から十年前からのものに限って収載している。

言わずもがなのことだが、俳句に素人の私には、俳句としての巧拙を評することは出来ぬし、私の拙い鑑賞のごく一端を披歴することができるだけだ。選録された三百余句のマッスには、宮城さんのおよそ六七才以降からの人生が盛り込まれている。人生の、青春期をとうに過ぎ、現役盛りの朱夏期を退きつつ、黄昏時に入る白秋期の万事である。そう遠くない死を間近にする玄冬期に入る頃合でもある。これは何人といえども避けがたい人生（ライフ）のサイクル（周期）のことである。私には、人生の秋から冬に入るライフステージを修辞する語句が多く目につく。それは老いであり、

死である。語句だけ取り出してみれば、例えば、皺、敬老日、惚（呆）ける、まだら呆け、老体、年取れば、余生、百歳、免許証返上、老の咳、この先段差あり、など。また、逝く、喪の家、遺影、死顔、喪服、浄土、読経、坊主、訃、土葬、無縁墓、霊柩車、黄泉の国、骸骨、などなど。さらに、南国沖縄に似つかわしくない、秋、冬にまつわる季語の数々。そう、人は生きて今常に、死への準備をせねばならぬ秋《とき》に居るのであろう。たかが言葉で遊ぶ俳句ごと、されど寸鉄人を刺す、のである。事象心象、押し並べて時間の中の出来事であれば、絶対に追いつくことの出来ない一歩先を行く人生の先達の詞華は、明日のわが心の衣裳（意匠）となることだろう。

宮城さんが紡ぐ思想の言葉の裏に貼り合わせられていた文学の言葉、別言すれば思想の言葉の側からは視えなかった文学の言葉が、つまりは文学的出自が明きらめられることで、今度は逆に、はっきり見えなかった思想の肉体が、俳句の一句一瞬の刹那のリアルを透かして、見えてくるように思えた。このマッスを、ほんものの思想家の、生活（刻々の今）を詠む詩句《うた》として、哲学する野暮の心は身に沁みて聴いた。

書けるかな自分に、と呟いた私に返答するでもなく、作品がいいから大丈夫、心配ない、と照れることなく（？）返した宮城さん、確かに、要らぬ解説なしに充分意味が通じる一句一句でした。人物、思想、文学何ごとでござれ、口癖のように、ユクシイランケー（嘘言うな）、カワユクナイ（可愛くない）の二語の決まり文句のどちらかで評する宮城さん、この栞文が、願わくば前者でないことを。

（哲学生）

境涯ありて句境あり ― 宮城正勝俳句への想念

松原敏夫

六十年代後半から七十年代。黎明とたそがれ。政治的にも状況的にも、（すべてが）騒擾のころ。あのころのオキナワの青春は夜が楽しかった。夜は闇の時空を提供し、なにか解放されたような気分になり、文学書とアルコールと対話が身近にあった。仲間と議論して帰るとき少し冷たくなった夜風がアルコールで火照った頰にあたると、とても気持ちがよかった。レインコートを羽織って、夜の道を、革靴やときには下駄を履いて、首里の町を歩いた。首里キャンパスが時折、霧がかかる時があって、街灯がぼんやりと灯っていた。そのとき、ああ、生きているな、と最高に昂揚した気分になったものだ。

学生運動くずれで文学に染まったころ、文学仲間と毎日のごとく、飲んでいた。琉大文学の原稿を頼みにいったのがきっかけで清田政信という詩人と知り合いになり、その後、ときどき、会って飲んだりしていた。もちろんほかの仲間と一緒だった。東京から帰省した役者くずれのNさんがやっていた浮島通りの「石」とか安里の「芭蕉」とか栄町の「うりずん」「東大」とか桜坂の「とんぼ」………といった飲み屋で飲んだ。ある夜、清田さんと飲んでいて、なんの拍子か、東風平恵典さんの家に行こうということになって、安謝に近い浦添のお宅を訪ねると、そこに数人の男どもがいた。たぶん比嘉加津夫さんや上原生男さんもいたと思う。

そこではじめて宮城正勝さんと会った。宮城さんは清田政信や琉大文学に、思想が入りすぎて難解でよくないとかの批判的言動をしていた（と思う）。私はその宮城さんに「じゃあ、だれの詩がいいのか」と訊ねると、入沢康夫の「わが出雲・わが鎮魂」をあげていた。ああ、このひとは現代詩を読んでいるな、と思った。

それから時々どこかで偶然会ったりしたが、関係が密になりはじめたのは、やはり東風平恵典さんを介し

てである。東風平さんは、七十年代のある時期から、出自の宮古島に戻って塾などしながら、個人誌の『らら』という雑誌を出していた。あるとき、東風平さんから電話があって、『らら』への詩稿を頼まれるようになったり、一緒に同人誌をやらないかとか、ときどき連絡がきた。たまに那覇に行くから会わないかとの電話があり、そのとき宮城正勝さんも一緒だというのが通例だった。

私が懇意につきあっていたのを思い出すと、ほとんどが六十年代の人である。その沖縄の六十年代を代表する詩集、清田政信の処女詩集『遠い朝・眼の歩み』。東京の詩学社から出すというので、頼まれてそこに原稿を持って行ったのは、宮城正勝さんだったというのは、知る人ぞ知る逸話である。宮城正勝さんも確かに六十年代の洗礼を受けた世代だと思う。

のちに『らら』や比嘉加津夫さんの『脈』同人になって、そこで俳句を発表していたのを知って、俳句か、なるほど、俳句とは、決まっているな。おそらく感覚的に俳句があっているんだろうと思った。詩なんていうのは、饒舌すぎるし、甘すぎるんだろう。

私自身も拙い句作をするが、大道寺将司の『棺一基』を読んで、「ああ、日本の俳句はこれで決まった、もうこれを超える俳句はないだろう」と、自分一人で勝手に決している。十七文字への句境の凝縮という視点での、きまじめの俳句観であることは承知している。境涯ありて句境あり、なのだ。

宮城正勝さんの俳句の風景には、境涯につらなる町角や路地やビルの廊下や空の色や畑や庭や干潟や時間やらを通して生や生活の〈間〉を視ている感性が吹き抜けている。そう、〈間〉なのである。だがそれは撫でながらちくりと刺していく機知がある。形而上にいくことはしないし、形而下にあるのでもない。句集のタイトルの『真昼の座礁』とは、どこか屈折している、律儀な感性を宿す生の表現である。難破ではない。静かに座礁するのである。

形而上と形而下の相対の緊張が生み出す五七五の句語がまさに詠う主体の句境をぴたりとあらわす。「「形而上」に移行する機運を、「まて」と止めて「形而下的」

にするが、その風景にさえ句境は距離をもってみている。外部と心理が相互に応じている。外部の風景を句にするときも心理的なものが入り込んでいる。句流は小林一茶的とみた。宮城正勝も往路はたしかにあったし、いま還路にいるかは句境が語るものである。

潮干狩りどこまでゆけば黄泉の国
西日から死へすみやかに移行せり
死ぬまでは日常がある蝉時雨
死と遊ぶひとりの砦日向ぼこ

ところどころ頻出する「死」の影。時に映じる光景にみえるものは、日常と生と死の形、そして叙景も意味的にする孤独の姿である。だが叙情に甘えない。寄るべきものを持たぬ、ある意味、断念がある。そして「醒めている」。俳句とは瞬間のレトリックとその表出、句境に俳句精神が宿るからして、〈詠う〉ことは韻律の美学である。

（詩誌「アブ」主宰）

宮城正勝句集『真夏の座礁』栞文

矢口哲男

俳句は、その短い宿命のために、理屈も意見も説明も入る余地がない。理屈でも意見でも説明でもない場所で生まれる言葉。淋しさや怒りや喜びが心の底に落ちてきてコトノハになる。老いと死の影がページには色濃く射しているのに、句集『真夏の座礁』は不思議に明るい。

喪の家や帰る合図の咳ひとつ

あるいは、

われはわれのあるじにあらず春の風邪

ここにあるユーモアは、観察が内省を突き抜けたところから出ていると思う。つづけて、

冷蔵庫寝静まりたる夜の孤島

眠れない夜、いや半ば眠りながらふと気づくと「うーぅん」という微かな声が聞こえる。自分の声かと訝しむほどのこともなく、冷蔵庫のモーター音だと分かるのだが、内部を冷やすために熱を外に出しているのだ。人間（私たち）も一人びとり孤島のように闇を抱え、同じことをしているのだな、と思う。

あるいはメビウスの環のように一行の頭と尻尾が捩れて繋がったような、

列をなすほかに術なき蟻の列

遊戯からも恐怖からも笑いは起きる。ところで俳句では離俗ということが言われてきたが、宮城さんの句をまとめて読むと、この離俗の思想への共感とそれ故の反発があるように感じる。粋な川柳のように婆婆っ気も俗っ気も、それを装うことなく切り取ってくる。常に野原の外気に触れていいてけれん味がない。

死を想え冬のビーチのビーチサンダル

誰もいない浜辺にポツンと脱ぎ捨てられたサンダルが暗示する不安が寒々とした海の景色を展く。ビーチにビーチと語を重ね、敢えて間合いを詰めるところに、そんな宮城さんの気象が表れているのだろう。仮に下五が島草履であれば、句は陳腐に縮んで、死を想うことなんかできそうもない。

長く言葉の世界と格闘して来た人が、あっけらかんと言葉と遊んでいるかに見えて、ここに言葉の世界から自由になりたい宮城さんの懸命がある。　（詩人）

俳句と写真

勇崎哲史

昔、『刑事コロンボ』というテレビ映画があった。主人公コロンボの口癖は「うちのカミさんが」だが、ドラマの中で「カミさん」は一度も登場しなかった。僕にとっての宮城正勝さんは、まさにその「カミさん」だった。というのは、正勝さんのパートナーのヨシ子さんが僕の主宰する〝写真の歓び研究会〟のメンバーで、耳にタコができるほど「うちのダーリンが」とヨシ子さんから聞かされていたからだ。幸い、ここはテレビの中ではなくリアルな世界。数年後には、ダーリンとお会いすることが出来た。

リアルのダーリンは博識で、ストイックでいてユーモアいっぱい。僕は直ぐに心を拐われ、以来、兄のように慕わせていただいている。そして、リトマス試験紙の反応を見るように、判断に悩んだ時などは正勝さんを訪ね、その反応色を道標とさせていただいている。正勝さんも僕に興味を持って下さっているようだが、僕自身へというよりは、僕の叔父が映画ゴジラの作曲家・伊福部昭であり、その叔父から直接に多くを学んでいることへの関心のようにも思う。

春の風邪ゴジラとはあれから音信不通
夕凪のはたてにゴジラ潜みおり

ゴジラは水爆という愚かな文明がつくりだしたモンスター。猛烈な台風のように現れる文明の破壊者といえるが、得体の知れぬベラボウな存在で、少年のアイドルでもある。

二つの句から、正勝さんの心の中に棲むゴジラを想像してみるのは実に楽しい。

陽炎の百メートル先もただの道
真二つに割られし西瓜みだらなる

まるで写真を見るような句である。目の前の光景を一瞬に切り撮る写真と俳句の近似性から、昨今ではテレビ番組『フォト575』や四国・松山での国際写真俳句フェスティバル、関連の推進団体もあるほどだが、そのはじまりは一九二〇年代、写真家・福原信三による〝写真俳句論〟にある。海外の写真作品を安易に模倣することを戒め、俳句との近似性の中に日本写真の独自性を求めた福原は、化粧品メーカー・資生堂の初代としても知られている。

十七字の宇宙といえる俳句の潔さ。科学を結晶し即座に表現できる写真の簡潔さにも、どこか共通性を感じる。だが、言葉に出来ぬ写真があるように、写真ではとても切り撮れないと感じる俳句もある。

蛇穴を出て蛇の道はじまれり
原子と原始ともにさみしき冬の蝿

句を構成する言葉を写真に撮ることは出来るが、この句から拡がるイメージを写真ではとても表現出来ないように思う。どちらの句も想像を掻き立て、何度も反芻してしまう。そのような意味も含め、俳句の素養もない僕にとっての密かな最高は次の二句。

大寒の真下で結ぶ靴の紐
死を測る機器の明かりの冬銀河

寒く包み込む無尽な空気の中に対峙する「靴の紐」という微小。「真下で結ぶ」という作者の強い意志。死を看取り不安を煽る微細で無表情な人工光と「冬銀河」という深遠な暗闇の壮大。十七字の中に二つの対極が現れ、内臓をぎゅっと握られたような震える句だ。

正勝さんの句集を拝読し、思わず提案したくなった。パートナーのヨシ子さんの写真に句を添えられ対峙されてはいかがだろう。それは、夫唱婦随や婦唱夫随などではなく、「カミさん」と「ダーリン」の対決。そのときが訪れることを、心待ちにしている。

（写真家・写真文化研究家）

宮城さんへ

瑶いろは

ふいに本屋で、『よくわかる御願ハンドブック』というタイトルが目にとまり、読み進めるうちに、すぐそばから祖母の声が聞こえてくるようでした。丁寧に御願の方法が記されているページに、シワシワの手と手をくるくるとこすり合わせながら祈っている祖母の姿が思い出されました。

星や月、そして太陽に感謝の言葉を捧げることを教えてくれた祖母が、まるごと本の中で生きているようで、見開いた本の上にミニチュアの祖母が座って拝みをしているようで、本当に衝撃的でした。

こんなに温かい本を作れるなんて…。一体、どこでどんな人が作ったのだろう?と裏表紙をめくった時が、宮城正勝さんとの出会いです。

発行所の住所を見ると、私の母校の近所だとわかり、さらにテンションが上がりました。これはきっとご縁があるに違いない、という思い込みまで炸裂し、いつか私が本を出す時には、絶対にボーダーインクさんにお願いしようと、心はワクワク踊り出していました。

その後、念願の第一詩集をボーダーインクさんに作って頂いて、いよいよ一冊の本という形になり、それを手に取った日のことです。

編集担当者から、「うちの代表が、この詩集をとても気に入っていました」と伺い、ポカポカあったか波動が満載の御願ハンドブックを作った出版社の、しかも代表者の宮城さんから嬉しいお言葉を頂けるなんて、なんという奇跡!

その日、ヒヌカンにヒラウコーを立て、感謝の気持ちを届けるために、手を合わせたのは言うまでもありません。

それからは、宮城さんのご紹介で様々な出会いがあり、私の世界は広がりました。

皆さんとビールや泡盛を楽しく飲みながら、学ぼう

とする姿勢の私に、宮城さんはいつも、「瑶さんはそのままでいい。ハート（心）で感じるものを大事に」とおっしゃいます。

そのたびに私は、心の中にあるものを思い出しながら、胸に手をあて、自分を温めています。不思議と、このままの自分ではいけないという焦りや怖れが、ゆっくりと溶けていき、必要以上の緊張や生真面目さがほぐれて、このいのちをもっと面白可笑しく愉快に歩いていけそう気がしてくるのです。

ああ、そうか。宮城さんという人間が発光する温かさは、あの御願ハンドブックから受け取った温かさと同じだ。宮城さんが発行してきた本たちにも、それは浸透しているのだろうと気づきました。

宮城さんはきっと、持って生まれた温かさが半端なくて、常に宮城さんという器から溢れ出してしまうほど強烈で、鮮やかな発光力を駆使して、これまでたくさんの本を誕生させてきたと思います。

そして今回、宮城さんご自身の本（俳句集）に、宮城さんの温もり発光力が注がれたことで、ボーダーインクさんから生まれた本たちも一斉に拍手喝采して大喜びしていることでしょう。

（詩人）

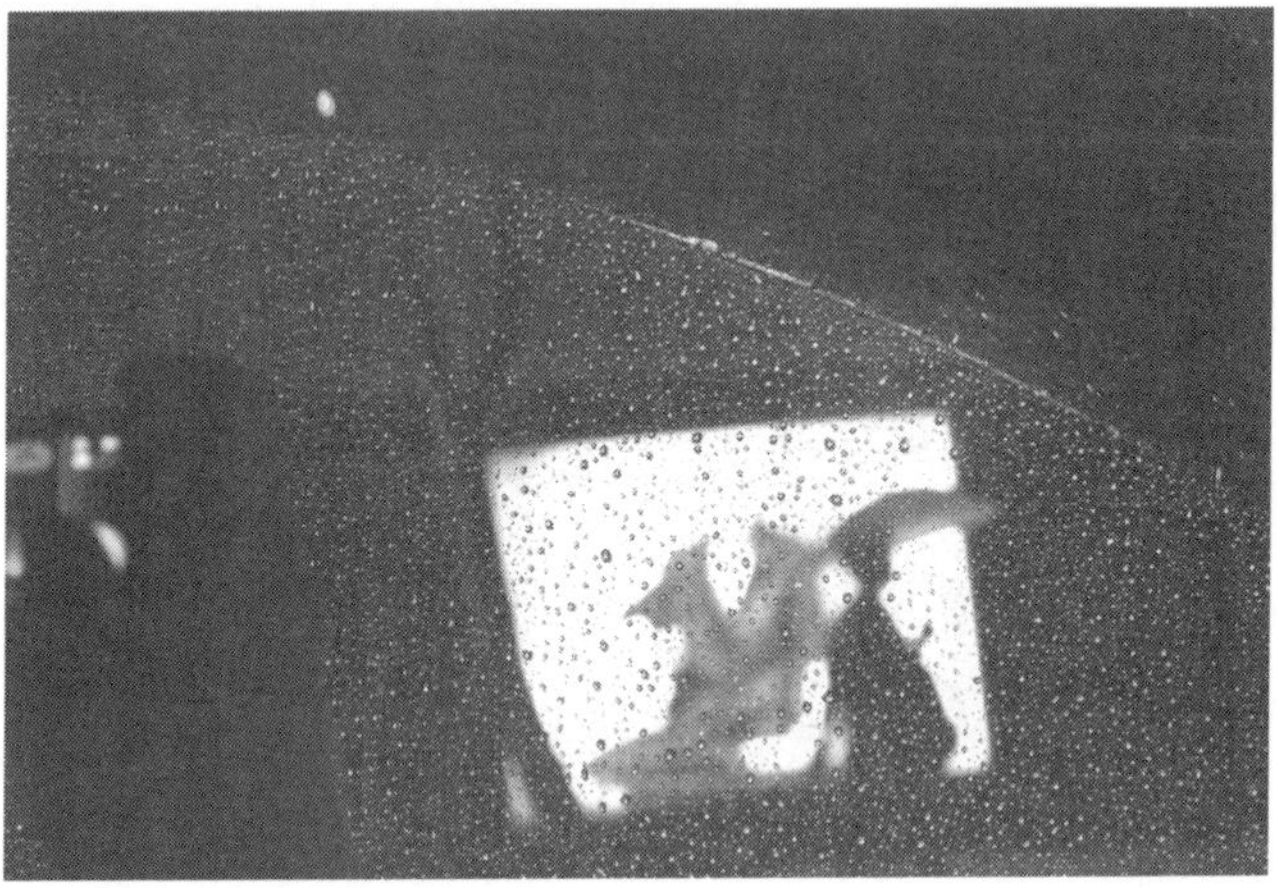

宮城正勝句集『真昼の座礁』によせて

発　行　2018年12月24日
発行者　池宮紀子
発行所　ボーダーインク
〒902-0076　沖縄県那覇市与儀226-3
電話 098（835）2777　fax 098（835）2840